C. G. Pfullmann

Buchführung für Handwerker und kleinere Geschäftsleute

Antigonos

C. G. Pfullmann

Buchführung für Handwerker und kleinere Geschäftsleute

Unveränderter Nachdruck der Originalausgabe von 1876.

1. Auflage 2024 | ISBN: 978-3-38640-263-7

Antigonos Verlag ist ein Imprint der Outlook Verlagsgesellschaft mbH.

Verlag: Outlook Verlag GmbH, Zeilweg 44, 60439 Frankfurt, Deutschland
Vertretungsberechtigt: E. Roepke, Zeilweg 44, 60439 Frankfurt, Deutschland
Druck: Libri Plureos GmbH, Friedensallee 273, 22763 Hamburg, Deutschland

BUCHFÜHRUNG

für

Handwerker

und

KLEINERE GESCHÄFTSLEUTE

von

C. G. Pfullmann.

* * *

LEIPZIG,
CARL SCHOLTZE.

Berlin bei *A. Seydel*, Polytechnische Buchhandlung (Leipziger Strasse 72) und
E. *Wasmuth*, Architektur-Buchhandlung (Werder-Strasse 6). *New-York* bei
E. *Steiger*, 22 und 24 Frankfort Street. *St. Petersburg* bei *Kolesoff & Mihin*,
Buchhandlung (Gostinoi Dwor 22). *Rio de Janeiro* bei *Rich. Matthes* (Rua de
Hospicio 82). *Warschau* bei *E. Wende & Comp.* Buchhandlung. *Wien* bei
Lehmann & Wentzel, Buchhandlung für Technik und Kunst (Opernring 17).

1876

Ein Wort aus bester Meinung!

Wol jeder der Herren Handwerker hat eine Buchführung, sei sie auch in vielen Fällen noch so mangelhaft, ja sei es selbst nur die Schiefertafel, aber in der Regel eben nur eine Buchführung nach seiner Art.

Viele der Herren Handwerker werden sagen: „ich weiss trotz meiner mangelhaften Buchführung genau, was ich schuldig bin, weiss auch genau, was ich zu fordern habe; ich weiss auch, ob ich nach Jahr und Tag in meinen Vermögensverhältnissen vor- oder rückwärts gekommen bin".

Ich gebe zu, dass diese Ansicht hin und wieder stichhaltig sein mag, aber eben so fest steht, dass nur der betreffende Herr allein seine Buchführung versteht und kein Zweiter sich darin zurecht finden wird.

Man sagt oft: „Ach was Buchführung! wer etwas zu bekommen hat, der wird sich schon melden, und was ich zu fordern habe, das weiss ich genau.

So lange das Haupt einer Familie besteht, kann diese Ansicht vielleicht gelten, aber fällt es plötzlich weg, so müssen die Hinterbliebenen auf gut Glück sich der Redlichkeit Anderer anheim geben und haben gar oft mehr oder minder Schaden.

Diejenigen, welche Forderungen haben, werden sich wol melden, können aber, selbst ohne ihr Wissen und Wollen, mehr verlangen als ihnen zusteht; ob aber alle die Personen kommen werden, die Zahlung zu leisten haben, bleibt doch sehr fraglich, und darum in seinem und seiner Familie Interesse kann man Jedermann, der einen grösseren Hausstand führt oder ein Handwerk treibt, nicht genug empfehlen, die Buchführungsangelegenheit nicht auf die leichte Achsel zu nehmen.

Es gibt bei einer einfachen, für Jedermann klaren und verständlichen Buchführung keine Schwierigkeiten, und ich möchte behaupten, sie nimmt kaum mehr Zeit in Anspruch als jede noch so mangelhafte.

Buchführung hat aber auch noch andere, gar nicht zu unterschätzende Vorzüge.

Buchführung erweckt Vertrauen, Vertrauen zu sich selbst, Vertrauen seiner Mitbürger.

Herrscht in einem Staate über Soll und Haben, über Ausgabe und Einnahme ein gewisses Dunkel und sind die Finanzverhältnisse in Nebel gehüllt, dann fehlt das Vertrauen und man sagt: dort herrscht polnische Wirtschaft! Wie im Grossen, so auch im Kleinen.

Hat der Handwerker oder kleinere Geschäftsmann nur einige Monate richtig Buch geführt, er wird den Segen bald erkennen, wird sich freuen, dass die ihm so furchtbar scheinende Arbeit so leicht überwunden ist, und er wird gar nicht mehr anders können als richtig Buch führen.

Lauban in Schlesien.

C. G. Pfullmann.

Leitfaden zur Buchführung für den Handwerker.

Wenn von einer Buchführung für den Handwerker die Rede ist, so ist wol damit gesagt, dass sie so einfach wie möglich sein muss, wenig Zeit in Anspruch nehmen darf, dabei aber doch dem Buchführenden, so auch jedem Zweiten klar ersehen lässt, wie viel er zu fordern hat, wie viel seine Schulden betragen, wie viel er nach einer bestimmten Zeit in seinen Vermögensverhältnissen vor- oder rückwärts gekommen ist, und allenfalls noch, wie viel er in einer gewissen Zeit für dies oder jenes verausgabt hat.

Unbedingt notwendig zu buchen sind *alle* auf Zeit, d. h. auf Borg gemachten *Geschäfte*, Käufe, Verkäufe, Zahlungen, Leihungen, Abzüge, überhaupt alle die Geschäftsvorgänge, *die nicht sofort ganz und gar* entweder durch Geld, Tausch oder wie immer *geordnet werden* und demnach dem Vergessen unterworfen sind.

Dagegen sind *nicht unbedingt nötig zu buchen* alle Käufe, Verkäufe, Zahlungen, überhaupt alle die Geschäftsvorgänge, *die sofort geordnet werden* und dem Vergessen nicht unterworfen sind.

Quittungen, quittirte Rechnungen, Belege sind gut aufzubewahren, am Jahresschlusse nach Monat und Datum geordnet beiseit zu legen, aber niemals zu vernichten.

Zu einer Buchführung für den Handwerker, der einfachsten, aber doch genügenden Art, sind mindestens zwei

1) Ein **Notizbuch**, Strazze, Kladde oder wie man es nennen will;
2) ein **Hauptbuch**, Konto Korrent, d. h. laufende Rechnung.

Notizbuch kann hoch gebrochenes Bogenformat, *Hauptbuch* aber ganzes Bogenformat sein.

Im *Notizbuch* dient als Kopf der Seite Monat und Jahrzahl, wann die Notiz geschieht; unter den Kopf kommen links Linien zu Datum und rechts Linien zu Mk. und Pf. *Man vergleiche Schema.*

Hauptbuch empfängt als Kopf der beiden aufgeschlagenen Seiten den Eigenthümer des Konto's, links *seine Schuld an mich* (oder Debet), rechts *Forderung an mich* (oder Kredit). Linien wie im Notizbuch, links zu Datum und rechts zu Mk. und Pf. und das auf beiden Seiten.

Bin ich Willens Buch zu führen, so ist die erste Arbeit, dass ich meinen Vermögensbestand feststelle oder wie man sagt: *Inventur* mache, und das geschieht, wenn ich

1) das vorhandene Waarenlager zum Selbstkostenpreise notire;
2) das vorhandene Geld, Wertpapiere etz. notire;
3) meine Forderungen aufzeichne;
4) Besitzungen, als da sind: Häuser, Aecker, Utensilien zum Wertpreise ansetze;
5) und von diesem Allem meine Schulden davon abziehe.

Habe ich die Aufstellung meines Vermögens zu Papiere gebracht (im Notizbuche laut Schema Fol. 1), so trage ich meine Forderungen, Posten für Posten, im Notizbuche ein und verfahre auch ebenso mit meinen Schulden. Nach Beendigung von Gesagtem beginnt die Aufzeichnung der laufenden Geschäfte im Notizbuche, natürlich nur die Vorfälle, die nicht sofort auf irgend eine Weise geordnet werden, wie ja überhaupt nur alle Posten gebucht werden, die auf Borg gehen, d. h. nicht sofort ihre Erledigung finden.

Habe ich nun einen Monat in das Notizbuch gebucht, so übertrage ich die nicht im Laufe des Monats im Notizbuche bereits geordneten Posten in das Hauptbuch und zwar derart, dass ich dem Kunden, mit dem ich oft Geschäfte zu machen gedenke, ein eigenes Konto errichte, dagegen den Kunden, der mich nur einmal oder selten besucht, unter *„Konto für Verschiedene"* bringe (Schema Fol. 14).

Auf Konto für Verschiedene unterstreiche zur besseren Uebersicht alle geordneten Posten, sowol links wie rechts. Siehe Schema Fol. 14, Konto für Verschiedene.

Hat ein Kunde im Hauptbuche Platz gefunden, bringe ich ihn sofort in das *Register* mit Angabe des Folios, wo er zu finden ist; ebenso mache im Notizbuche quer durch den übertragenen Posten die Bemerkung: *übertragen Hauptbuch Fol.*

Am Schlusse des Jahres, nachdem alle nicht geordnet gewesenen Posten Monat für Monat aus dem Notizbuche nach dem Hauptbuche übertragen, schliesse ab und ordne alle Konto's auf die Weise, dass ich die Seite links addire, ebenso die Seite rechts, die fehlende Summe einer Seite der anderen mit den Worten: „Vortrag meiner" oder „Vortrag seiner" Forderung hinzufüge, um links und rechts gleiche Summen hervorzubzingen. Ziehe in gleicher Richtung Linien und trage dann den gemachten Vortrag auf's Neue vor, und immer auf die entgegengesetzte Seite als ich ihn das erste Mal zum Ausgleich schrieb (siehe Schema). *Konto's für Verschiedene* werden nicht abgeschlossen.

Sind am Schlusse des Jahres auf die angeführte Weise alle Konto's geordnet, beginnen wir, wie zu Anfang, mit der Inventur, und ich werde genau finden, um wie viel mein Vermögen grösser oder kleiner geworden ist. *Netto-Gewinn.* Um aber zu wissen, wie viel ich überhaupt das verflossene Jahr verdiente, muss auch die Ausgaben kennen, die ich hatte; rechne ich diese zum *Netto-Gewinn,* so habe den *Brutto-Verdienst.* Siehe Schema: *Inventur und Bilanz im Hauptbuche, Unkosten-Konto im Notizbuche.*

Noch sei bemerkt, dass eine Inventur in so kurzer Zeit wie möglich zu vollenden sei, um Irrthümer bei der sich stets verändernden Lage möglichst zu vermeiden.

Alle hier nicht angeführten Bücher, wie Kassa, Journal, Fakturenbuch, Kalkulation, Lagerkonto, für den Kaufmann mehr oder minder unentbehrlich, sind für den Handwerker entbehrliche Möbles, sie rauben ihm Zeit und machen ihn unklar.

Die Ursache dieser Aufzeichnung, resp. Erläuterung gab eine Frage des hiesigen Gewerbevereins, die mir im Jahre 1869 zur Beantwortung vorgelegt wurde.

Nach Beantwortung hatte die Freude, dass eine Anzahl Gewerbevereinsmitglieder (Handwerker) mit Interesse einen Kursus angeführter Buchführung genossen, und ich glaube dass doch etwas Gutes geblieben sein wird. Der Wunsch, dass dieser Führer für den Handwerker oder kleinen Geschäftsmann Gemeingut werden möge, bewog mich, den Druck vollziehen zu lassen.

C. G. Pfullmann,
Lauban in Schlesien.

Notizbuch

für

C. G. Pfullmann

in

Lauban.

Monat Januar 1876.

		Mk.	Pf.
I.	**C. G. Pfullmann** in **Laubau.**		
	Ich habe heute . . . Baar . .	600	50
	Waaren .	1080	60
	Haus .	3000	—
	Forderung	307	—
	(Hauptbuch Fol. 13.*)*	4988	10
	Derselbe.		
	Meine Schulden belaufen sich heute auf	1068	80
	(Hauptbuch Fol. 13.*)*		
I.	**Paul Adolph, Hier,**		
	(altes Buch)		
	schuldet mir a. B. Fol. 2 . . .	36	—
	(Am 14. *Februar bezahlt.)*		
I.	**Paul Berndt, Hier,**		
	schuldet mir a. B. Fol. 6 . . .	180	—
	(Hauptbuch Fol. 2.*)*		
I.	**Louis Conrad, Hier,**		
	schuldet mir a. B. Fol. 10 . . .	91	—
	(Hauptbuch Fol. 2.*)*		
I.	**Gotthelf Anter, Hier.**		
	Ich schulde ihm a. B. Fol. 4 .	168	80
	(Hauptbuch Fol. 14.*)*		

Monat Januar 1876.

		Mk.	Pf.
1.	**Benno Baum, Hier.** Ich schulde ihm auf Haus No. 12, Hier, 1. Hypothek . . . . . (*Hauptbuch Fol.* 14.)	600	—
1.	**Gustav Our, Hier.** Ich schulde ihm auf Haus No. 12, Hier, 2. Hypothek . . . . . (*Hauptbuch Fol.* 14.)	300	—
2.	Frau **Arnold, Hier,** empfing von mir 1 Komode . . . (*Am* 1. *Februar bezahlt.*)	24	—
3.	**Peter Fischer, Hier,** empfing von mir 1 Schrank . . . (*Hauptbuch Fol.* 1.)	30	—
4.	**Louis Lange, Hier,** empfing von mir 6 Stühle . . . . (*Hauptbuch Fol.* 1.)	27	—
6.	**Hans Bunge, Hier,** empfing von mir 2 Fenster . . . (*Hauptbuch Fol.* 3.)	12	—

Monat Januar 1876.

		Mk.	Pf.
9.	**Leop. Augustin, Hier,** empfing von mir 1 Tisch . . . . (*Hauptbuch Fol.* 14.)	6	—
9.	**Gustav Scholz, Hier,** empfing von mir 1 Sophagestelle . . (*Hauptbuch Fol.* 3.)	18	—
9.	**Gustav Thomas** in **Wehrau** sandte mir Bretter . . . . (*Hauptbuch Fol.* 4.)	90	—
12.	**Friedr. Schmidt** in **Sorau** sandte mir Fourniere . . . (*Hauptbuch Fol.* 4.)	36	—
13.	Frau **Arnold, Hier,** empfing von mir 1 Tisch . . . . (*Am* 1. *Februar bezahlt.*)	6	—
14.	**Karl Simon, Hier,** empfing von mir 6 Bilderrahmen . . (*Hauptbuch Fol.* 14.)	18	—

Monat Januar 1876.

		Mk.	Pf.
15.	**Peter Fischer, Hier,**		
	empfing von mir		
	1 Bank	2	50
	(*Hauptbuch Fol.* 1.)		
16.	**Louis Lange, Hier,**		
	empfing von mir		
	1 Bücherschrank	21	—
	(*Hauptbuch Fol.* 1.)		
17.	**Franz Sander, Hier,**		
	empfing von mir		
	1 Wäscherolle	60	—
	(*Hauptbuch Fol.* 14.)		
18.	**Gustav Thomas** in **Wehrau.**		
	Ich sandte ihm Baar	90	—
	(*Hauptbuch Fol.* 4.)		
18.	**Friedr. Schmidt** in **Sorau.**		
	Ich gab ihm Baar	30	—
	und zog ihm ab für Manko	6	—
	(*Hauptbuch Fol.* 4.)	36	—
20.	**Ernst Lachmann** in **Marklissa**		
	empfing von mir		
	1 Komode	27	—
	(*Am 6. Februar bezahlt und durch Abzug geordnet.*)		
21.	**Hans Bunge, Hier,**		
	empfing von mir		
	6 Fenster	36	—
	(*Hauptbuch Fol.* 3.)		

Monat Januar 1876.

			Mk.	Pf.
	22.	**Gustav Scholz, Hier,**		
		empfing von mir 3 Tische	17	—
		(Hauptbuch Fol. 3.)		
	26.	**Carl Simon, Hier,**		
		empfing von mir 12 Stühle . . .	72	—
		(Hauptbuch Fol. 14.)		
	27.	**Wilhelm Schubert in Görlitz**		
		sandte mir Waaren	96	—
		(Hauptbuch Fol. 14.)		
	30.	**Wilhelm Schubert in Görlitz.**		
		Sandte ihm Waaren retour . . .	96	—
		und schuldet mir für Fracht und Spesen	4	—
		(Hauptbuch Fol. 14.)	100	—
Febr.	2.	**Louis Lange, Hier,**		
		zahlte mir Baar	24	—
		(Hauptbuch Fol. 1.)		
	14.	**Gustav Thomas in Wehrau**		
		sandte mir Bretter	90	—
		Derselbe schuldet mir für fehlende Bretter . .	4	—
		(Hauptbuch Fol. 4.)		
	15.	**Paul Berndt, Hier,**		
		zahlte mir Baar	120	—
		(Hauptbuch Fol. 2.)		

Monat Februar 1876.

			Mk.	Pf.
	16.	**Louis Conrad, Hier,** zahlte mir Baar	60	—
		(Hauptbuch Fol. 2.)		
		Gotthelf Anter, Hier. Zahlte ihm Baar	168	80
	17.	*(Haupbuch Fol. 14.)*		
	20.	**Otto Liepold** in **Hennersdorf** empfing von mir 1 Bettstelle . . .	9	—
		(Am 6. März bezahlt.)		
	26.	**Friedr. Hammer, Hier,** empfing von mir 1 Fenstertritt . . .	7	—
		(Am 9. März durch Baar und Gegen- rechnung geordnet.)		
	29.	**Benno Ammendorf** in **Geibsdorf** empfing von mir 1 Pult	19	50
		(Hauptbuch Fol. 14.)		
März	13.	**Gustav Thomas** in **Wehrau** sandte mir Bretter	60	—
		(Hauptbuch Fol. 4.)		
	16.	**Friedrich Schmidt** in **Sorau** sandte mir Fourniere . . .	36	—
		(Hauptbuch Fol. 4.)		

Monat März 1876.

		Mk.	Pf.
20.	**Gustav Thomas** in **Wehrau.**		
	Zahlte ihm Baar	146	—
	(Hauptbuch Fol. 4.)		
26.	**Friedr. Schmidt** in **Sorau.**		
	Zahlte ihm Baar	35	—
	und gab ihm Emballage retour . .	1	—
	(Hauptbuch Fol. 4.)	36	—
27.	**Benno Ammendorf** in **Geibsdorf**		
	zahlte mir à Conto	12	—
	(Hauptbuch Fol. 14.)		
30.	**Karl Simon** in **Lauban**		
	zahlte mir à Conto	27	—
	(Hauptbuch Fol. 14.)		

Haushaltungs–Unkosten

		Lebens-mittel.		Feuerung.	
		Mk.	*Pf.*	*Mk.*	*Pf.*
Januar	1.	15	—		
	6.			10	—
	10.				
	10.				
	13.	15	—		
	20.			6	—
	31.				
Februar	1.				
	6.	15	—		
	10.			3	—
	31.	15	—		
März	1.			9	—
	10.				
	20.	18	—		
	31.			3	50
Lebensmittel		78	—	31	50
Feuerung		31	50		
Kleider		40	50		
Steuer		12	60		
Zinsen		11	25		
Aussergewöhnl. Ausgaben .		32	20		
Haushaltungs-Unkosten:		206	5		

im Jahre 1876.

Kleider.		Steuer.		Zinsen.		Löhne.		Aussergewöhnliche Ausgaben.	
Mk.	Pf.	Mk.	Pf.	Mk.	Pf.	Mk.	Pf.	Mk.	Pf.
31	—	4	20			13	—		
								18	—
						13	—		
4	—							3	40
		4	20			18	—		
—	50					9	—		
								7	—
5	—	4	20			18	—		
						12	—	3	80
				11	25				
40	50	12	60	11	25	83	—	32	20

Löhne: 83 —

Hauptbuch

für

C. G. Pfullmann

in

Lauban.

Peter Fischer

1876.					Mk.	
Januar	3	Für 1 Schrank	N.-B. Fol. 1		30	—
„	15	„ 1 Bank	„ „ 3		2	50
1876.				Mk.	32	50
April	1	Für Vortrag meiner Forderung		Mk.	32	50

Louis Lange

1876.						
Januar	4	Für Stühle	N.-B. Fol. 2		27	—
„	16	„ Kleiderschrank	„ „ 3		21	—
1876.				Mk.	48	—
April	1	Für Vortrag meiner Forderung		Mk.	24	—

in Lauban.

Schulde ihm.

1876.						
März	31	Für Vortrag meiner Forderung		Mk.	32	50
					32	50

in Lauban.

Schulde ihm.

1876.						
Februar	2	Für Baarzahlung	N.-B. Fol. 4		24	—
März	31	„ Vortrag meiner Forderung			24	—
				Mk.	48	—

Schuldet mir.		Paul Berndt			
1876. Januar	1	Für Waaren	N.-B. Fol. 1		180
1876.				Mk.	180 —
April	1	Für Vortrag meiner Forderung		Mk.	60 —

Schuldet mir.		Louis Conrad			
1876. Januar	1	Für Waaren	N.-B. Fol. 1	Mk.	91 —
1876.				Mk.	91 —
April	1	Für Vortrag meiner Forderung		Mk.	31 —

in Lauban.

Schulde ihm.

1876.					
Februar	15	Für seine Baarzahlung N.-B. Fol. 5		120	—
März	31	„ Vortrag meiner Forderung		60	—
			Mk.	180	—

in Lauban.

Schulde ihm.

1876.					
Februar	16	Für seine Baarzahlung N.-B. Fol. 5		60	—
März	31	„ Vortrag meiner Forderung		31	—
			Mk.	91	—

Schuldet mir.			Hans Runge				
1876.							
Januar	6	Für Fenster	N.-B. Fol.	2		12	–
„	21	„ Fenster	„ „	4		36	–
1876.					Mk.	48	–
April	1	Für Vortrag meiner Forderung			Mk.	48	–

Schuldet mir.			Gustav Scholz				
1876.							
Januar	9	Für Sophagestelle	N.-B. Fol.	2		18	–
„	22	„ Tische	„ „	4		17	–
1876.					Mk.	35	–
April	1	Für Vortrag meiner Forderung			Mk.	35	–

in Lauban.

Schulde ihm.

1876.					
März	31	Für Vortrag meiner Forderung	Mk.	48	—
			Mk.	48	—

in Lauban.

Schulde ihm.

1876.					
März	31	Für Vortrag meiner Forderung		35	—
			Mk.	35	—

Haushaltungs-Unkosten

			Lebens-mittel.		Feuerung.	
			Mk.	*Pf.*	*Mk.*	*Pf.*
Januar	1.		15	—		
	6.				10	—
	10.					
	10.					
	13.		15	—		
	20.				6	—
	31.					
Februar	1.					
	6.		15	—		
	10.				3	—
	31.		15	—		
März	1.				9	—
	10.					
	20.		18	—		
	31.				3	50
Lebensmittel			78	—	31	50
Feuerung			31	50		
Kleider			40	50		
Steuer			12	60		
Zinsen			11	25		
Aussergewöhnl. Ausgaben .			32	20		
Haushaltungs-Unkosten:			206	5		

im Jahre 1876.

Kleider.		Steuer.		Zinsen.		Löhne.		Aussergewöhnliche Ausgaben.	
Mk.	Pf.	Mk.	Pf.	Mk.	Pf.	Mk.	Pf.	Mk.	Pf.
		4	20			13	—		
31	—							18	—
						13	—		
4	—							3	40
		4	20			18	—		
—	50					9	—		
								7	—
		4	20			18	—		
5	—					12	—	3	80
				11	25				
40	50	12	60	11	25	83	—	32	20

Löhne:		83	—

Hauptbuch

für

C. G. Pfullmann

in

Lauban.

Schuldet mir. Peter Fischer

1876.						Mk.	
Januar	3	Für 1 Schrank	N.-B. Fol. 1			30	—
„	15	„ 1 Bank	„ „ 3			2	50
1876.					Mk.	32	50
April	1	Für Vortrag meiner Forderung			Mk.	32	50

Schuldet mir. Louis Lange

1876.							
Januar	4	Für Stühle	N.-B. Fol. 2			27	—
„	16	„ Kleiderschrank	„ „ 3			21	—
1876.					Mk.	48	—
April	1	Für Vortrag meiner Forderung			Mk.	24	—

in Lauban.

Schulde ihm.

1876.						
März	31	Für Vortrag meiner Forderung			32	50
			Mk.		32	50

in Lauban.

Schulde ihm.

1876.						
Februar	2	Für Baarzahlung	N.-B. Fol. 4		24	—
März	31	„ Vortrag meiner Forderung			24	—
			Mk.		48	—

Paul Berndt

Schuldet mir.						
1876. Januar	I	Für Waaren	N.-B. Fol. 1		180	—
1876.				Mk.	180	—
April	I	Für Vortrag meiner Forderung		Mk.	60	—

Louis Conrad

Schuldet mir.						
1876. Januar	I	Für Waaren	N.-B. Fol. 1	Mk.	91	—
1876.				Mk.	91	—
April	I	Für Vortrag meiner Forderung		Mk.	31	—

in Lauban.

Schulde ihm.

1876.					
ebruar	15	Für seine Baarzahlung N.-B. Fol. 5		120	—
März	31	„ Vortrag meiner Forderung		60	—
			Mk.	180	—

in Lauban.

Schulde ihm.

1876.					
ebruar	16	Für seine Baarzahlung N.-B. Fol. 5		60	—
März	31	„ Vortrag meiner Forderung		31	—
			Mk.	91	—

<table>
<tr><td colspan="3">Schuldet
mir.</td><td colspan="4" align="right"># Hans Runge</td></tr>
</table>

					Mk.	
1876.						
Januar	6	Für Fenster	N.-B. Fol. 2		12	—
„	21	„ Fenster	„ „ 4		36	
1876.					Mk.	48	—
April	1	Für Vortrag meiner Forderung		Mk.	48	—

<table>
<tr><td colspan="3">Schuldet
mir.</td><td colspan="4" align="right"># Gustav Scholz</td></tr>
</table>

					Mk.	
1876.						
Januar	9	Für Sophagestelle	N.-B. Fol. 2		18	—
„	22	„ Tische	„ „ 4		17	—
1876.					Mk.	35	—
April	1	Für Vortrag meiner Forderung		Mk.	35	—

in Lauban.

Schulde ihm.

1876.						
März	31	Für Vortrag meiner Forderung	Mk.	48	—
			Mk.	48	—

in Lauban.

Schulde ihm.

1876.						
März	31	Für Vortrag meiner Forderung		35	—
			Mk.	35	—

<table>
<tr><td>Schuldet
mir.</td><td colspan="5" align="center"><h2>Gustav Thomas</h2></td></tr>
</table>

1876.				
Januar	18	Für meine Baarsendung N.-B. Fol. 4		90	—
Februar	14	„ fehlende Bretter		4	
· März	20	„ meine Baarzahlung		146	
			Mk.	240	—

<table>
<tr><td>Schuldet
mir.</td><td colspan="5" align="center"><h2>Friedrich Schmidt</h2></td></tr>
</table>

1876.				
Januar	18	Für Baar und Abzug N.-B. Fol. 4		36	—
März	26	„ Baar und Emballage „ „ 7		36	—
			Mk.	72	—

in Wehrau.

Schulde ihm.

1876.							
Januar	9	Für Bretter	N.-B. Fol. 2	Mk.	90	—
Februar	14	„ Bretter	„ „ 4	„	90	—
März	13	„ Bretter	„ „ 5	„	60	—
				Mk.	240	—

in Sorau.

Schulde ihm.

1876.						
Januar	12	Für Fourniere	N.-B. Fol. 3		36	—
März	16	„ Fourniere	„ „ 6		36	—
				Mk.	72	—

Schuldet mir.		C. G. Pfullmann			
1876. Januar	1	Für Schulden und verschiedene Gläubiger N.-B. Fol. 1		1068	8
		Für Vermögensbestand-Vortrag		3919	3
1876.			Mk.	4988	1
März	31	Für Schulden		939	—
		„ Vermögensbestand am 1. Jan. a. c.		3919	3
		„ Vermögensbestand-Vortrag		4287	7
			Mk.	9146	—

in Lauban.

Schulde ihm.

1876.					
Januar	1	Für Baar, Waaren, Haus,			
		Forderungen N.-B. Fol. 1		4988	10
1876.			Mk.	4988	10
Januar	1	Für Vermögensbestand-Vortrag	„	3919	30
März	31	„ Waarenlager		1504	—
		„ Baar		330	70
		„ Haus No. 12 Hier		3000	—
		„ Forderungen		892	—
1876.			Mk.	9146	—
April	1	Für Vermögensbestand-Vortrag	„	4287	70

<table>
<tr><td>Schuldet
mir.</td><td colspan="4" align="center">K o n t o   f ü r</td></tr>
<tr><td>1876.
Februar</td><td>17</td><td>Gotthelf Anter in Lauban. Meine Baar-
zahlung N.-B. Fol. 5</td><td>Mk.</td><td>168</td><td>8</td></tr>
<tr><td>1876.
Januar</td><td>9</td><td>Leop. Augustin in Lauban. Für Tische
N.-B. F. 2</td><td></td><td>6</td><td></td></tr>
<tr><td></td><td>14</td><td>Karl Simon in Lauban. Rahmen „   „ 3</td><td></td><td>18</td><td></td></tr>
<tr><td></td><td>26</td><td>Karl Simon in Lauban. Stühle „   „ 4</td><td></td><td>72</td><td></td></tr>
<tr><td></td><td>17</td><td>Franz Sander in Lauban. Rolle „   „ 3</td><td></td><td>60</td><td></td></tr>
<tr><td></td><td>30</td><td>Wilh. Schubert in Görlitz. Waaren
retour N.-B. Fol. 4</td><td></td><td>96</td><td></td></tr>
<tr><td></td><td></td><td>Wilh. Schubert in Görlitz. Für Fracht-
auslagen</td><td></td><td>4</td><td></td></tr>
<tr><td>Februar</td><td>29</td><td>Benno Ammendorf in Geibsdorf. Pult
N.-B. Fol. 5</td><td></td><td>19</td><td></td></tr>
</table>

Verschiedene.

Schulde ihm.

1876.					
anuar	1	Gotthelf Anter in Lauban. Für Waaren N.-B. Fol. 1	Mk.	168	80
		Benno Baum in Lauban. Auf 1. Hypothek N.-B. F. 1		600	—
		Gustav Cur in Lauban. Auf 2. Hypothek N.-B. Fol. 1		300	—
März	30	Karl Simon in Lauban. Baarzahlung N.-B. F. 6		18	—
		Karl Simon in Lauban. do. Mk. 27			
anuar	27	Wilh. Schubert in Görlitz. Waaren N.-B. Fol. 4		96	—
März	27	Benno Ammendorf in Geibsdorf. Seine Baarzahlung Mk. 12			

Inventur am 31. März 1876.

Waaren-Lager.			
An diversen Waaren-Vorräten	Mk.	1504	—
Baares Geld in verschied. Sorten	Mk.	330	70
Haus No. 12 Hier, Kaufpreis	Mk.	3000	—
Forderungen habe ich an:			
Paul Berndt in Lauban	Mk.	60	—
Hauptb. Fol. 2			
Louis Conrad in Lauban		31	—
Hauptb. Fol. 2			
Peter Fischer in Lauban		32	50
Hauptb. Fol. 1			
Louis Lange in Lauban		24	—
Hauptb. Fol. 1			
Hans Bunge in Lauban		48	—
Hauptb. Fol. 3			
Gustav Scholz in Lauban		35	—
Hauptb. Fol. 3			
Leop. Augustin in Lauban		6	—
Hauptb. Fol. 14			
Karl Simon in Lauban		72	—
Hauptb. Fol. 14			
Franz Sander in Lauban		60	—
Hauptb. Fol. 14			
W. Schubert in Görlitz		4	—
Hauptb. Fol. 14			
Benno Ammendorf in Geibsdorf		19	50
Hauptb. Fol. 14	Mk.	392	—
Schulden habe ich an:			
Benno Baum in Lauban		600	—
Hauptb. Fol. 14			
Gustav Cur in Lauban		300	—
Hauptb. Fol. 14			
Karl Simon in Lauban		27	—
Benno Ammendorf in Geibsdorf		12	—
	Mk.	939	—

Bilanz am 31. März 1876.

Schulden.

1876.					
März	31	Schulden	Mk.	939	—
		Vermögensbestand		4287	70
			Mk.	5226	70

Besitz u. Forderung.

1876.					
März	31	Waaren		1504	—
		Baares Geld		330	70
		Haus		3000	—
		Forderungen		392	—
			Mk.	5226	70
April	1	Vermögensbestand		4287	70
Jan.	1	do.		3919	30
		Netto-Gewinn	Mk.	368	40
		Haushalt etz. etz.		206	5
		Brutto-Verdienst	Mk.	574	45

Lauban, den 1. April 1876.
C. G. Pfullmann.

Register.

N a m e.	Wohnort.	Fol.	Fol.	Fol.	Fol.	Fol.	Fol.
Anter, Gotthelf.	Lauban.	14					
Augustin, Leop.	Lauban.	14					
Ammendorf, Benno.	Geibsdorf.	14					
Berndt, Paul.	Lauban.	2					
Baum, Benno.	Lauban.	14					
Conrad, Louis.	Lauban.	2					
Cur, Gustav.	Lauban.	14					
D.							
E.							
Fischer, Peter.	Lauban.	1					

Name.	Wohnort.	Fol.	Fol.	Fol.	Fol.	Fol.	Fo
G.							
H.							
I.							
K.							
Lange, Louis.	Lauban.	1					
M.							
N.							

N a m e.	Wohnort.	Fol.	Fol.	Fol.	Fol.	Fol.	Fol.
O.							
Pfullmann, C. G.	Lauban.	13					
Q.							
Runge, Hans.	Lauban.	3					
Scholz, Gustav.	Lauban.	3					
Schmidt, Frdr.	Sorau.	4					
Simon, Karl.	Lauban.	14					
Sander, Franz.	Lauban.	14					
Schubert, Wilh.	Görlitz.	14					
Thomas, Gustav.	Wehrau.	4					
U.							

Name.	Wohnort.	Fol.	Fol.	Fol.	Fol.	Fol.	Fol.
V.							
W.							
X.							
Y.							
Z.							

Im Verlage von **Carl Scholtze** in Leipzig erschien
ferner:

Für Architekten, Maurer, Studirende und Schulen etz.

Architekten-Mappe. Sammlung von Entwürfen, ausgeführten Bau-
lichkeiten, Ornamenten und Verzierungen für die verschiedensten
Zweige der Architektur und Kunst-Industrie. Als Motive dienend
dem Architekten, Maurer und Zimmermann, dem Bildhauer,
Stukkateur, Maler, Zinkgiesser, Holzbildhauer und den Fabriken
zur Anfertigung von Kunst-Industrie-Gegenständen etz. Mit Bei-
trägen von *H. Kaemmerling, E. Titz, R. Denk* und *Franz
Stock. 4. Auflage.* In 12 Lieferungen à 1 Mark 60 Pf. je
6 Tafeln, zum Theil in Farbendruck.

> Inhalt: Land- und Stadtgebäude, Kirchen, Brücken, Schaufenster, Treppen,
> Thüren, Gesimse, Kamine, Oefen, Springbrunnen, Taufsteine, Grabdenk-
> mäler, Ornamente in Holz, Zink und Stuck etz.

Bautechnische Taschenbibliothek, deutsche, umfassend die Fächer
aus den Gebieten der gesammten Baukunst und des Kunstgewerbes. Zwanglose Hefte.

> Serie: Hochbaukunde. Abth. 1 No. 1. **Die deutsche Villa** in Bezug
> auf die Bestimmung, Lage, Verbindung, Grösse, Möblirung etz. aller
> jener Räume, die als Bestandtheile des freistehenden Familienhauses auf-
> gefasst werden können. Bearbeitet von Architekt *Hittenkofer*, Di-
> rektor der techn. Fachschulen zu Buxtehude bei Hamburg. Mit 57 Il-
> lustrationen. Preis pro Heft (3½ Bogen in kl. Okt.) 2 Mark. Serie:
> Formenlehre. Abth. 4 No. 1. **Griechisch-dorische Architektur.**
> Bearbeitet von Architekt *Ed. Blocht.* 2¾ Bogen mit 62 Illustr. 1 Mark
> 20 Pf. Serie: Kommunalbau. Abtheilung 5 No. 1. **Der Schul-
> hausbau.** Bearbeitet von Architekt *Hittenkofer.* Za. 4 Bogen mit
> 82 Illustr. 2 Mark. Serie: Hochbaukunde. Abth. 2 No. 2, 3. **Das
> freistehende Familienhaus.** Die Vorführung kleinerer und grösserer
> Wohnhäuser, die nur von einer Familie bewohnt werden. Mit Darlegung
> des Raumbedürfnisses, der Raumvertheilung und der Raumbenutzung.
> Bearbeitet von Architekt *Hittenkofer.* 2 Hefte mit 99 Illustr. à 2 Mark.

Um dieses Werk, das mit der Zeit zu einem vollständigen „Kompendium" der
Baukunst und des Kunstgewerbes herauwachsen wird, auch wertvoll zu sichern, wird
es eine ganz besondere Sorge des Herausgebers sein, tüchtige und bewärte Autori-
täten als Mitarbeiter für die einzelnen Fächer zu gewinnen.

Die Verlagshandlung wird sich ausserdem bemühen, durch eine gediegene
Ausstattung der einzelnen Hefte das Unternehmen zu sichern.

Später wird in regelmässigen Zeitabschnitten über das Erscheinen der Einzel-
hefte Bericht erstattet werden.

Möge das zunächst Dargebotene gewürdigt werden und auch Freunde der
Förderung finden.

Berger, G., Lehre der Perspektive, in kurzer, leichtfasslicher Darstellung. Auf die einfachste Methode zurückgeführt für Architekten, Bauhandwerker, Maler und Dilettanten. *5. Auflage* mit
4 Tafeln kl. 4. brosch. 2 M. 40 Pf.

> Dieses kleine Werk hat in verhältnissmässig kurzer Zeit fünf Auflagen erlebt;
> es ist dies wol der beste Beweis für die Brauchbarkeit desselben.

Berndt, Carl, Fabrikbesitzer in Deuben bei Dresden, **Der Asche-
und Erd-Stampfbau.** Gesammelte Erfahrungen über Nutzen
und Anwendung. Bearbeitet von *Clemens Gebhardt.* 3 Bogen
in kl. 8. mit 12 in den Text gedruckten Holzschnitten. *2. vermehrte Auflage.* Brosch. in eleg. Umschlag 1 Mark 60 Pf.

In dem von Herrn Medizinalrat Dr. *Küchenmeister* herausgegebenen Schriftchen: „Der Aschestampf- (Zendrin-) Bau und die Wohnungsnot etc.", das eine rapide Verbreitung durch ganz Deutschland gefunden, sind die von *Berndt* gemachten Erfahrungen in dieser Bauart mehrfach angezogen worden und hat das Veranlassung zu einer Menge brieflicher Anfragen gegeben, welche zu beantworten *Berndt* ausser dem Bereiche der Möglichkeit lag. Um nun einestheils auf diese Anfragen eine genügende Antwort zu geben, anderntheils Jedermann, insbesondere auch dem Arbeiter den Weg zu zeigen, wie er sich ein Haus nach seinen Vermögensverhältnissen selber bauen kann, hat *Berndt* es unternommen, seine Erfahrungen niederzuschreibeu, und bittet, seiner wolgemeinteu Gabe eine freundliche Beurtheilung zu Theil werden zu lassen.

Blocht, Ed., Architekt, **Façaden-Album,** enthaltend 35 Entwürfe zu Villen. eingebauten und freistehenden Wohn-, Miet- und Geschäftshäusern, versehen mit Grundriss-Skizzen oder erläuterndem Text. 7 Lieferungen à 5 Tafeln. Preis pro Lieferung 1 Mark 20 Pf.

Die zur Darstellung gelangten Façaden sind aus den Grundrissen entwickelt und diese mit möglichster Vermeidung aller Korridore zu entwerfen versucht. Das Ganze gibt der Verfasser in der Erwartung, dass diese Motivensammlung — als solche — in manchen Fällen nutzbringend sich erweisen dürfte.

Kompositionen von Gebäuden, die in grossem Maassstabe vorgeführt sind, können selten für den ausübenden Bautechniker als Motivensammlung — schon des unhandlichen Formates halber — benutzt werden, desshalb wird diese Sammlung, die so billig als möglich hergestellt ist, gewiss in vielen Privatbibliotheken der Fachmänner Aufnahme finden.

Ernst, P., Baumeister, **Der Maurer.** Tabellen zur Berechnung der Baukosten und Baumaterialien für den Maurer, auf Grund des Metermaasses und Gewichtes mit Berücksichtigung des alten und neuen Ziegelformates. Zum Gebrauche für den praktischen Techniker, Maurer und Baumeister. *2. Aufl.* Herausgeg. unter Mitwirkung bewährter Fachmänner. Karton. à 2 Mark 40 Pf.

Was vorstehende Tabellen vor allen übrigen ähnlichen Erscheinungen auszeichnet, ist die Berücksichtigung des alten und neuen Ziegelformates.

Fricke, Aug., Baumeister, und **Stook, Franz**, Architekt, **Wohngebäude für Stadt und Land** in Façaden, Grundrissen, Durchschnitten und Details. *6. Auflage.* 12 Lieferungen à 2 Mark 40 Pf.

Inhalt: Landhäuser, ein-, zwei-, drei- und vierstöckige Wohnhäuser. Herrschaftliche Wohnhäuser.

Verschiedene Entwürfe zu Wohngebäuden für Stadt und Land, in denen auf ökonomische Benutzung des Raumes, auf Bequemlichkeit in der Verbindung der Zimmer und auf möglichst geringe Grösse und Kosten der ganzen Anlage besonders Rücksicht genommen ist, so dass dieselben für die praktische Ausführung etwas modifizirt, mit Nutzen angewandt werden können. Unter den städtischen Wohngebäuden, deren Fronte unmittelbar an der Strasse liegt, kommen mitunter Ladeneinrichtungen mit den dazu gehörigen Waarenlagern, Kontors und Wohnräumen nach den neuesten, bewärten Anlagen vor; unter den ländlichen Wohngebäuden fanden hier Wohnungen für Gutsbesitzer, kleinere Villen, Pächterhäuser etc. Aufnahme.

Details, Durchschnitte und, wo es nötig erschien, einiger Text verdeutlichen hinlänglich diese Entwürfe und die darin enthaltenen Konstruktionen, um dies Werk den ausführenden Architekten, Maurern, Zimmermeistern und Bauunternehmern so willkommen als möglich zu machen.

(Heft 7 bis 12 bildet auch **Stook, Entwürfe zu Privathäusern.** 1. bis 6. Lieferung.)

Herzig, Wenzel, Architekt, **Die angewandte oder praktische Aesthetik oder die Theorie der dekorativen Architektur.** 18½ Bogen Text in gr. 8° und 14 Tafeln Illustr. Preis 10 Mark Geb. 11 Mark 40 Pf.

Inhalt: Die Aesthetik. Der Ausdruck der Darstellung. Die Schönheit der

der einzelnen Theile oder die Konstruktion. Die Anordnung der Gruppirung. Das Verhältniss oder das Ebenmaass. Die Ungezwungenheit in der Bewegung der Form. Das Edle und die Würde, das Grosse und Erhabene. Die geschickte Anordnung der Verzierungen. Das Baumaterial. Die Wirkung der Farben. Die geschickte Anordnung und die ästhetische Ausstattung der inneren Räume.

Der grosse Einfluss, den die bildende Kunst, namentlich die Architektur, auf die Bildung der menschlichen Gesellschaft ausübt, ist so allgemein anerkannt, dass es eines jeden Künstlers Pflicht ist, für die Ausbildung und Verbreitung der Kunst nach seinen Kräften zu wirken. Dieses erkennend, haben viele Architekten sehr Namhaftes geleistet und es bestehen zum Selbststudium bereits ausgezeichnete Werke und Zeitschriften über den wissenschaftlichen Theil der Architektur, welche den lernbegierigen, jungen Bautechniker in den Stand setzen, sich daraus belehren zu können: es dürfte aber auch ein aus der Praxis entnommener Leitfaden über den ästhetischen Theil für Solche wünschenswert sein, denen es an der vollendeten Ausbildung fehlt und durch Umstände und Zufälligkeiten nicht gegönnt ist, guten mündlichen Unterricht oder verständigen Rat über die Entwicklung der Darstellung geniessen und einholen zu können.

Einen solchen Leitfaden dem Leser zu bieten, soll der Zweck dieses Buches sein, das die Anschauung des Verfassers über die Aesthetik der Architektur nach einem bestimmten System geordnet darlegt, und das bei dem Leser eine ebenso freundliche Aufnahme finden möge, als es von ihm wolgemeint gegeben ist.

Hittenkofer, Archit. etz. **Architektonische Details zum modernen Façadenbau.** In Motiven aus Berlin, Wien, München, Stuttgart etz. Im einheitlichen Maassstab (1 : 10) und mit sämmtlichen Schnittprofilen (Schablonen) in Naturgrösse autolithographirt. 30 autolithographirte Tafeln in kl. Quart und 5 Bogen Beilagen mit Schnittprofilen in Naturgrösse. Komplet 10 Mark. Auch in 5 Heften à 2 Mark zu haben.

> Inhalt: Einfache und reich ausgebildete Hauptgesimse mit Zahnschnitt, Konsolen, Fries, Architrav etz. Fensterumrahmungen mit Säulen- und Pilasterstellung. Verdachung mit und ohne Konsolen etz. Brust-, Gurt- und Sockelgesimse, Unterbauten mit Quaderung, Balkone, Akroterien, Ornamente etz. für Haustein und Putzarbeit. —

In einem Theil des Werkes (30 Tafeln) sind solche Gesammt- und Theilformen vorgeführt, welche einer Wiederverwendung beim modernen Façadenbau fähig sind. Der andere Theil (5 grosse Bogen) enthält sämmtliche Schnittprofile (Schablonen) zu diesen architektonischen Details, und zwar in Naturgrösse, damit dieselben nur mittelst Durchstechung direkt in die Praxis übergeführt werden können. Die Tafeln sind von *Hittenkofer* selbst autolithographirt, damit das ganze Werk so billig als möglich an den Abnehmer gelangen kann. Dass sich der Verfasser mit Liebe der ganzen mühevollen Arbeit unterwarf, braucht wol nicht weiter versichert zu werden.

Hittenkofer, Architekt etz. **Das Entwerfen von Façaden.** Eine populäre Darstellung der modernen Façadengestaltung, zum Gebrauche für Architekten und Baugewerkmeister, sowie für Schüler der Architektur und des Baugewerks etz. *2. Auflage.* (Erheblich vermehrt.) 26 Tafeln mit etwa 600 lithographirten Figuren und entsprechendem Text, gr. 4° in 5 Lieferungen, Lieferung 1, 2, 3 und 4 mit je 6 lithographirten Tafeln in gr. 4° und Lieferung 5 mit 2 lithographirten Tafeln gr. 8° und 3 Bogen Text. Komplet 8 Mark. Auch in 5 Lieferungen à 1 Mark 60 Pf. zu haben.

> Inhalt: Füllung, das Ornament, die Säule, der Pilaster, die Karyatide, das Kapitäl etz., die Attika, die Ballustrade, der Balkon und der Erker, die Vase, Statue etz. 7. Die Gestaltung der Façade: a) Unterbau, Aufbau, Krönung, Höhen- und Axenentwickelung, b) die zweistöckige Façade, c) die dreistöckige Façade, d) die vierstöckige Façade und e) die fünfstöckige Façade.

Durch den bedeutend ermässigten Preis wird sich diese zweite sehr vermehrte und umgearbeitete Neuauflage auch in solchen Kreisen der Bautechnik als geschätztes

Preises halber — unzugänglich war. Besonders dem strebsamen Bauhandwerker, sowie dem angehenden Architekten sei dieses Werk in der neuen Fassung ganz besonders empfohlen.

Hittenkofer, Architekt etz. **Formen-Elemente aus der gesammten Ornamentik** für Architekten, Baugewerkmeister, Kunst- und Gewerbtreibende etz. sowie für Akademiker, Polytechniker, Bau- und Gewerbeschüler etz. *2. Auflage.* 25 sauber lithographirte Tafeln nebst kompendiösem Text. Komplet 10 Mark. Auch in 5 Heften à 2 Mark. zu haben.

> Inhalt (Gegen 1000 Ornamente): Tafel 1 Griechische Blätter. Tafel 2 Griech.
> Palmetten, Kelche, Rankenansätze, Volanten. Tafel 3 Griechische Blumen,
> Knospen, Früchte, Lilien. Tafel 4 Römisch. Tafel 5 Arabisch. Tafel 6
> Früh-mittelalterliche Blätter etz. Tafel 7 Gothische Blätter etz. Tafel 8
> Gothische Blätter. Tafel 9 Gothische Blätter. Tafel 10 Gothische
> Knospen, Blüten, Früchte etz. Tafel 11 Gothische Knollen etz. Tafel 12
> Italienische Renaissance. Blätter und Palmetten. Tafel 13 Italienische
> Renaissance. Knospen, Früchte etz. Tafel 14 Italienische Renaissance.
> Blüten, Blumen etz. Tafel 15 Italienische Renaissance. Rankenansätze.
> Tafel 16 Französische Renaissance. Tafel 17 Italienische, französische
> und deutsche Renaissance. Tafel 18 Moderne Blätter. Tafel 19 Moderne
> Palmetten etz. Tafel 20 Moderne Rankenansätze. Tafel 21 Moderne
> Rankenansätze. Tafel 22 Moderne Blüten etz. Tafel 23 Moderne Blü-
> ten etz. Tafel 24 Moderne Früchte und Knospen. Tafel 25 Moderne
> Blumen.
>
> *Rezension a. d. Dresdner Gewerbevereins-Zeitung 1871, No. 13, S. 52:* „Je mehr
> sich die Anforderungen steigern, die an die Gewerbtreibenden in Bezug auf stylvolle
> Ausführung von Arbeiten gestellt werden, desto mehr ist es Pflicht derselben, sich
> mit den Eigenthümlichkeiten der einzelnen Stylarten bekannt zu machen, und desto
> dankenswerter ist es, wenn Fachleute und Verleger es unternehmen, durch geeignete
> Werke Formensinn und Verständniss zu vermehren. Wir haben schon früher auf
> oben genanntes Werk hingewiesen, als das erste Heft erschien; jetzt, nachdem es
> nun vollständig vorliegt, können wir es aus voller Ueberzeugung empfelen. Könnte
> auch die oder jene einzelne Form einem strengen Richter nicht vollkommen ge-
> nügen, so bietet doch das Ganze Gutes, Nützliches, Erwünschtes in so reicher
> Mannigfaltigkeit, dass Jeder, der nach entsprechenden Formen-Elementen sucht,
> hier das Entsprechende finden wird, mag er griechische, römische, altmittelalter-
> liche, gothische, arabische Renaissance oder moderne Ornamente bedürfen. Recht
> förderlich erweisen sich diese Elemente beim Unterrichte im Ornamentenentwerfen
> und haben sich in dieser Beziehung an der Dresdner Gewerbeschule bereits eine
> grosse Beliebtheit erworben.“

Holz, F. W., Baumeister und Lehrer der Baukunst, **Oeffentliche und Privatbauten.** Architektonische Entwürfe. Vollständig in 8 Liefgn. mit 40 Tafeln. Jede Liefg. mit 5 Tafeln à 3 Mark.
Auch unter dem Titel „Sammlung architektonischer Entwürfe.“ 2 Sammlgn. à 12 Mark.

> Inhalt: 2 Jagdschlösser, 8 Landhäuser, Schützenhaus, Leuchtthurm, Kirchen,
> 6 Kapellen, 2 Predigerhäuser, Gutspächterhaus, Gartenthor, Leichenhaus,
> 2 Fürstengrüfte, Schulhaus mit Kirche, 2 Gartensalons und Gärtner-
> wohnung mit Treibhaus.